JN122704

梟の居た森〔二〕

外崎よし子

目次

はじまり

いとは　気づいていた
私の　こころの袋には　穴が開いている
それが　大きな穴になったり
塞がるほど　小さくなったり
小さく　なっていると　感じた時は
勘助を　愛していたとき
新太郎を生んでから

いとは　ぽつり　ぽつりと　新太郎の横顔に向って　話しはじめた
いと「この街に又戻ってきてからは　お天道様が　出る前に　家を出たよ
暑い夏も　寒い冬も
留守中に　お前が食べるものを作ったものさ
にぎり飯の中身は　梅干しだったり　甘からく煮つめた小魚だったりね」
新太郎「それと　さつまいも　かぼちゃ　にんじん　ごぼう　なんかの蒸か
したもの　杉菜の茶　たまに　りんごやかき　みかんのおやつ」
いと「店の客が　手つかずに残したものを　もらってきたこともあった
朝方　家を出る時　まだ　ぐっすり寝入っている　お前を揺り起こして……」
新太郎「そうだったよ
頭を何回も何回もなでて『母さん　なるべく早く帰るからね　今夜　母さん
何を土産にもってくるか　楽しみにしているんだよ！』って　いつも　おんな
じ事　言ってさ」
いと「お前は本当に良い子だ　良い子だよー　って
お前は　寝ぼけて『うん　うん』と首を大きく振って答えた

家を出るときは後髪(うしろがみ)を　ひかれる
泣きはしないけれど　泣きながら店まで歩いて行ったさ
だけど店の前まで来ると　私は　お前の母親じゃなくて一番働く女子(おなご)になるんだ
夜は　おまえとぴったりくっついて　頭を並べて寝たよね
おまえがしゃべる　今日あった事を　じゅっくり聞いて　声を聞いているうちに　一日の疲れがひとつずつ消されて　そのうち私は　夢の世界に足を踏み入れる

山で生きていた頃　山の森　両脇に白樺が立ち並んでいる長い道　大沼　小沼
鹿　雪うさぎ　りす　いのしし　きつね　梟も
私は　もうあの村へは戻れないが　七才まで　あそこで　暮らした
おまえは　いつも周りに　子供達　大人も大勢が居る所で育った

そんな世界から　急に山を降りて　街で暮すようになった
私は　この街に生みおとされたが……
私が選んだ道に　おまえをひきずり込んだ

私は　山のとと様に　この街のはずれ　道端に倒れていたところを拾（ひ）らって
もらい　年の割にやせて小さかったので　とと様は　私を四才ぐらいだと思っ
ていたと　あとで言ってたさ
あん時　拾（ひ）らってもらわなければ　街で一緒に彷徨（さまよ）っていた仲間が　一人二
人と知らない間に消えていたように　私も誰にも知られず　消えていただろう
とと様か　それとも何かが　私に　もう一回生きる道を授けてくれたのか」

新太郎が　廊下に出ると　池の周りを　とり囲むように植えられている　野ばらの香りが風にのってきた

いと「あの山を降りる頃　私は　村の習わしなら　村の子供の中から八才になった子の育ての親になるはずだったが　その年　私の番は回ってこなかった　それが私に　下へ降りる気持ちを固くさせたのさ

『今しかない』　何より　あの村山に居ることが　苦しかったんだ」

りん　りーん　と風鈴がなった

新太郎が　母から少し目を逸(そ)らして　天上を見て　思いきったように　言った

新太郎「母さんは　どうして山を降りたのさ」

母　いとが　自分を連れて山から降りたことを知りたいと思いつつも　それを聞いてはならないと　今まで口にしないできたが　今　この安らいだ静かな夜には　どんな事でも聞ける

いとが袂(たもと)を引き寄せ湯飲みに　鉄びんのお湯を注(そそ)ぐと　茶葉のすがすがしい

香りが　その場に広がった
いと「山から降りた訳を　おまえに　言い残さなければと　いつか　それを言おうと思っていたよ」
庭に　廊下に　月のあかりが　射していた
いと「山から降りてきた時　お前は　もうすぐ八才になる頃で　村山で　いろんな手仕事　家のことや畑のことなんかも　いつの間にか身につけていたんだね！
私が店から帰ったら　屋根や壁　隙間風が入ってくる所も直して　洗たくや食事の支度もしてあった
この街の子は　親が　学問以外何もさせない家が多い
子が出来ることでも　すぐ手を出してね
村山じゃ　仕事に男だの女だのの区別がほとんどないもんだもの……
この街は　男がすること　女がすることが　あたりまえに分けられているから」

拾われた　いと……　新太郎に話をしている。

サンガ村の風習

いと「あん時　私は五才か六才だったろう
何人かで　群れを作っている仲間と　橋の下あたりで　雨　風をしのげるだけの小屋で寝泊りしていた
女が頭だった
その女は　まるで男としか見えない　髪はざんばらでさ　顔に　態に土を塗ったくってね　それに声も太かった
ある時　私は　仲間の食い残したものを盗んだ
いつも拳でぶんなぐる　年嵩の男に見つかって　そこから追んだされた
私に　行き場はなかった
それでも　食べ物を捜しまわって　餓えを凌いでいたが　夏の太陽が　じりっじりっ照りつけていた日だった
道端に倒れていたのを　サンガ村のとと様が拾ってくれたんさ
そこは　サンガ村の登り口あたりだったと……
サンガ村は　街から東へ　五　六丁ほど歩いたところから　緩やかな道なりを　小一時ほどで　除々に登りの山道がつづく

途中から椈(ぶな)の木　松の森　そして銀杏(いちょう)の林　もっと上は白樺の木々が生い茂っている
村の周りは　栗やどんぐり　鬼胡桃(くるみ)なんかが　植(う)わっていた
とと様は　最初　捨て猫か？　気配を感じて　笹やぶを見ると　私が倒れていた
やせ細り　手を貸さなければ　死にそうなところを　助けおこし　水を飲ませてくれた
木陰(こかげ)を見つけて　い草で編んだ敷物に　私を寝かせてくれ　『仕事を済ませたら　必ずもどるから』　と言い残して　街へ向かった
街へは　薬　山の実　木の糸で編んだ　あっしの上っ張り　麻の糸なんかをずっしり背中にしょって　問屋に卸(おろし)に　村から降りたところだった
帰りは　背中に私を背負(しょ)って　山を登ったと
その日から私は　サンガ村で育った
育ての親のもとで暮らす　八才より上の子供と大人が相談して　当分は　生みの親の居ない私は　拾(ひら)ってくれたとと様　つれ合いのかか様が　十八才にな

るその日まで育てる事に決まったんさ
私は特別だった
山のみなが　そうであるように　生みの親なんて私には居ない
とと様　かか様には　すでに　生んだ子供が二人　育ての子等が三人居た
・・・
サンガ村に受けつがれてきた風習なのさ……　長い間のね
生みの親は　七才まで子を育てあげて　八才になったら　育ての親に引きわたす

一家を構えている夫婦は　生みの親であり　育ての親にもなるのさ
兄姉　弟妹らと　親の手伝いから　村の一切の生業（なりわい）を身に着け　大人として一人前になるよう育てる
子供の個性を見極め　周りの判断で　役目を与える　文字や数を教える　少し大きくなった子供達　糸を織る手仕事　いろいろな作業のための小屋作り　炭焼き　畑の土づくり　野菜の育てかた　その保存の仕方　季節ごと　野草を取って　干したり　蒸したり　それぞれ役目はあっても　自分がやりたければ　どの仕事でも　自由にやることが出来た

・・・サンガ村は　大きな一つの家族なんだよ
村山の木　花　草　動物たちとも　みな村の者たちは　対等に生きてきた
虫一匹も　その命を大切にする　持ちつ持たれつでね
そうした事を　心根に打ち込まれる
蜂やみみずだって　薬にしたんだよ
私に対して　村の人達は　大らかに見守り　包んでくれた
それなのに　私は　いつも　周りのみんなには　生みの親が居るのに……　自分は捨てられていたのだから……　その想いと　いつも一緒だった」

いと　勘助に助けられる

何事も　兄　姉　弟　妹にさえ　負けたくない　意気地が　目立つ娘に　いとは成長していた
みなと同じでない　それが　自分に何かが欠けているような　心の袋の穴を広げていることに　気づき始めた頃
いと「あの日……　不思議な出会いだった
私は　十才ぐらいだった
兄と　ささいな事で　喧嘩になって　腹が立って　外へ飛び出し　そのままべそをかきながら　家の北側の竹林へ　夜と　昼が入れ替わる夕暮れ時の　神聖な山に　入っていった　歩いているうち　誰も通らない獣道(けものみち)に　紛れこんでしまった
途中　気が静まってきたところで　ふと　周りを見渡し　どっちがどうだか……　見慣れない木々の大木が　鬱蒼と生い成っている　異空の世界に　入りこんだみたいだった
やがて　獣(けもの)の吠える声が　遠くで聞こえた
今来た道に　戻ろうとしたが　最早分からない

そん時　ばさっばさっ……　と音がした
腰がひけた
近いところに　何かいる
音のする方を　怖る怖る　見上げると　それは　大人が両手を大きく広げた
より　さらに大きく羽ばたく羽根　おっきな目で　高い木の上から　下を見お
ろしている　えぞふくろうだった
『ここから先は　人間どもが　入ってはならぬ』　そう聞こえた
頭の中は　恐ろしさで　いっぱいになっていた
後ずさりして　笹の茂みの中に　身を隠して　震えていた
その時　シマフクロウが　導いてくれたか……　誰かが　雑木林を掻き分け
て　草を踏んでいる音がした……
それは　顔みしりの　勘助だった
いと『かんすけさん！　かんすけさん！』
勘助『お前　どうしたんだ　こんだところで』
いと『ちょっと……　きのこ　きのこを取りに……』

勘助『きのこは　まだまだ　一人でこんだ所　くるのが　ばかだ』
いと『……』
勘助『泣いている暇はねえ　さあ　おれさに付いてこい　早く帰るべ
薄暗くなっている　本当の夜になったら　おれでも帰れなくなるべ
さあ　行くぞ　急ぐぞ　おれの後に　大丈夫だ
本当にお前はばかたれだ　ちょっとと思っても　絶対　一人で山ん中に入っ
ちゃだめなんだ　本当にお前はばかたれだ』
勘助の腰には　魚の餌を入れた　上手に編みこまれた竹壺　背中のかごには
太い魚が折り重なって入っていた
—ということは　ここは大沼の側だったんだ……　大沼には　春から冬先まで
よく兄姉たちと来ていたが　山側から入ると　まったく違う景色になる
シマフクロウも　もう少し日が暮れるのを待って　大木の上から大沼の波紋
を見て　魚のあたりをつけていたのだろう
この事があってから　私は　勘助を意識するようになった
私の心の穴も　少しずつ　塞がれていくよう感じた

土から種が芽を出して　太陽に向かって手を広げ　やがて花を咲かせてゆく
私が十七　十八才になった頃は　いつも勘助から目を離さなかった
いつかは一緒になりたいと　強く想っていた……　が　当の勘助は　私の気
持ちを　煩わしく思っていた
私は　いやでも　それを悟らなければならなかった
想いを断ち切らなければと　私は　まもなく　勘助と仲の良い武雄と一緒に
なった
やがておまえ（新太郎）を生んだ
おまえが三才になる頃に　勘助は　春と所帯をもった
勘助は　自分の嫁は春だと　ずっと前から決めていたと　誰かから聞いた」

春にしてみれば　時たま会う勘助の事は　仲間の女達の口端にのぼっても　ただ笑って聞きながしていただけだったが……　その勘助を　ずっと想いつづけていたのが　いと　だとは　まったく知らないことだった
ただ勘助は　村のどの男より　気を使わずにいられたし　自分が自分らしく振る舞えた
時が満ちて　勘助に　一緒になりたいと言われて　素直に応じた
自分のこれからの道を　二人で歩んでいくんだ　村の仲間達が作ってくれた真新しい新居で　あれこれと振る舞う自分を　思い描いて　ほほが夕陽に染まってゆく様を　サンガ村の大沼の水面に見た
それは　蓮(はす)の花のように　きれいだった
この池に映った私を　勘助に見てほしい……　こころが定まった

その日は　勘助が下の街に降りる日だった

いつも元気溢れている勘助は　村から街へ卸すもの　また街での買い出しをする役目を担っていた

いつもは若い男（もの）一人か二人　連れてゆくが　この時は一人だった

いつも通り　春に見送られる

その春のお腹に　そーっとやさしく手をあてて　「おい　春　とと様　早く帰ってきて！　って　言っているぞ」　そう言って　白い歯を見せ　さわやかに笑って　街をめざして　降りて行った

その頃　街は　じわじわと　流行病（はやりやまい）が出はじめていたが　山の者は　まだ　それを知らずにいた

その事を知ったのは　勘助が帰らぬ人となった時だった

あまりにも　突然のことであった

それ以来　春のことを気にかけて　生みの親　育ての親　兄や姉　妹たち　弟らが　かわるがわる　春のもとに　足繫くきた

春は　自分に宿された　勘助の形見の我が子を　なんとしても　無事に　生み育てることだけを　生きるすべにして　必死に　悲しみに負けまいとして　一日一日を乗りこえ　生きた

「あんた様は　もう帰ってこない

だけんど　私は　ずっとずっと　一緒にいると思って　くらすよ

次に　生まれることが　あったら　また一緒になろうね

だって……　そうだべさ　この世では　あんまりにも　短い月日で……　次の世では　二人で　長い時を　過ごすんだ

それまで　私を待っているんだよ！　あんたが　残していった　このお腹の子　私が　悲しいと　泣いて　くらしたら　この子も　一緒に　悲しいと　思うに違いない

この子は　元気な体をもって　明るい子に　育てなきゃならないからね……

あんた様は　村のみんなを　救ったんだね

街へ一人で降りて　そして　帰ってこなかったね

その時　聞こえた

勘助の声だった

ごめん　ごめんよ　ごめんなさい……」

勘助の死

勘助は　サンガ村に　帰ってこれなかった

その日　勘助は　山道をくだりながら　街での仕事を済ませて　一刻も早く
村へ戻って　春と　これから生まれる我が子に　ささやかなおみやげを買って
差し出した時の　春の笑い顔を思い　わくわくした
この先にある　たくさんの喜びを　確信していた
幸せの　天辺（てっぺん）にいた

街は　村山より　一足　二足早く　雪はなかったが　夕方かと錯覚するよう
な小雨が　しめしめと降って　どんよりしている

灰色の街は　世界が　このまま永劫につづくのか……　と思えた
街の家並に入って　まもなく　得体のしれない空気が　全体に覆(おお)っていたのを　肌身に敏感に感じた
「曇っているせいかナ……　いや　それとは違う　なんか別の世界の中に　俺さは　すっぽり入ってしまったような……　や　勇作さんの所が閉まっている
向かいの下駄屋も……」
いつも　店先に出している　たくさんの植木の鉢も　何もかも　中に入れてしまっていた
そこは　いつもの見なれた景色ではない
歩いていくと　その先の豆腐屋も　勘助は　目を遠くに移して　ずっと先を見た
大通りに　人影がない　いつも　誰か彼れかに会うのに……
勘助は「どうなっているんだ　こりゃ……」　いつも　ここら辺までくると必ず寄る　つね婆様の事が　急に気になり　横道に入って行った
勘助「つね婆(ババ)様！　お～い　俺だよ　勘助だ」

三回目は　大きな声で呼んだ
『あれ　居ないのかなあ……　居ないはずはない』
何か腑におちず　裏手に回って　足場になりそうな箱を見つけ　僅かな隙間をさがし　覗いてみた
その時　家の中から〝カタッ〟と　音がした
勘助「なんだ　やっぱり居るんでないかい　おーい　つね婆様……」
つね婆「だめ　だめだよ　ここに入っちゃ　なんねぇ」
勘助「どうしたんだい……　まるっきり　やせて　顔色もわるいぞ　具合がわるいのかい」
つね婆「勘助さん　よおく　よく　聞いておくれ
この街は　流行病に犯されて　あちこち死人も出た
私も　私も　やられたらしい
だから　一歩たりとも　ここに止まっちゃだめだ　早く帰っておくれ」
勘助「ちょっと待ちな！　……分かった　分かった　今　なんか食うものと薬がある

それと　竹筒渡すから　受けとってくれ

そしたら　俺はすぐ帰るからー」

と大声でそれだけ言った

「だめだよ　だめだ　何(なん)にもいらない」

つね婆様(ババ)の言葉を待たず　勝手知った　つね婆様(ババ)の家　裏口から家の中へ　強引に入って行った

つね婆様(ババ)は　恐いものを見るように　勘助を睨んで　近寄るどころか　家の隅に　引っこんでしまった

勘助は　外に出て　さきほどの隙間から「俺のことを　親みていに　やさしくしてくれた人を　見捨てるような男じゃないぞ　俺は　まだまだ若いし　元気だ　そんな病にはかからないヨ　大丈夫だよ」

つねばば様「ばか　ばか　ばかたれが　早く　早く　帰っておくれ　勘助さん　おねがいだ……　本当に　帰っておくれ」

最後は　涙声で　叫ぶように言った

勘助は　その声の必死さに　従うしかなく　置くものを置いて　外へ出た

勘助は　その足で　牧太郎さんに会えば　事の成り行きが分かると思い　急ぎ足で向かった
牧太郎「街は　見てきたとおりさ
今　私は　山から街へ入る所に　看板を立て掛けてきたところなんだ
それと　街への入口の小屋にも　誰でも分かるように　書いたものを置いてきた
あ　それと　村で必要なものがあれば　書いて置いてくれれば　私が小屋に収めておくからと　それも書いてきた」
勘助「牧太郎さんが　サンガ村から降りて　ここに店を出して　俺たち村のもんは　みな　どれほど助けられているか……　本当に　ありがたい」
牧太郎「こんな時の為に　私は　生かされてたんだと　思ったよ
私も　村の役に立つこともあったとさ
出来たら　今　勘助さん　用事は　また別にして　すぐ　その足で　山へもどった方が　いいよ」

勘助「そうだね　充分気を付けるけど　一か所だけは　どうしても　寄らなけりゃなんないんだ
荷をおろしたら　すぐ引き返すよ
大丈夫だよ　人に会わなくていいところさ
それを収めたら　今日中に　街から出る」
「そうかい　くれぐれも　気をつけなよ」
牧太郎に　深々と頭をさげて　勘助は
『だが　今日を逃したら……
荷は　ほとんど薬だ
一日も早く届けてくれと　言われているものだ
この調子じゃ……　いつ　また降りてこられるか……』
再び　足を　街へ向けた
「俺が持ってくる薬を　一刻でも早く　飲みたい人がいたら……」
だが　行く先々が　戸を閉めている
街のはずれに来て　朝　かゆを食べてから　何も食べていないのに　気がつ

いた
「このままじゃ　山へ帰るのに　体がもたない」
とりあえず　飯屋を探した
いつも寄る飯屋は　どっこもかしこも　閉まっている
大通りから　かなり外れた場所に　一軒の飯屋を見つけた
暖簾が　風に捲(まく)りあげられて　いかにも侘しい
だが「こんな時だ　しゃあない　飯さえ食えりゃ」
勘助は　春が　作ってもたせてくれた　にぎりめし　いろんな　おかずの入った　桐の弁当箱　水　全部　つね婆様(ババ)の所に置いてきた
「つね婆様(ババ)は　病気でねくて　きっと　なんにも食べるものが手に入らないで腹をすかせていたにちがいない
つねさんは　人に頼らないところが　あるもんなあ……」
と　独りごちした
その飯屋に辿りついて　水と飯をたのんで　腰かけた
すわった途端　どっと疲れている自分に気がついた

つっけんどんに　〃どん〃　と出された水を　ひと息に飲み　ごはん　味噌汁
干した魚に　ぞんざいに盛りつけた煮ものなどだが　いつものように　腹にし
っくり入ってこない　ちっともおいしくはない　味わうより　腹に押し込んだ
勘助「おやじさん　ここいらで　どっか泊まれるところは　あるかい」
街に泊まるつもりはなかったが　もう　なんもかんもないほど疲れて　頭が
回らない
店主「いや　今　どっこも閉めているよ
うちの二階をあがってすぐ　三畳間の反対側に　眠れるところがある
昨日も　あんたみたいに　宿を探して　ここまできた客が　泊まっていった」
勘助「ありがたい　ちょっと寝さえすればいい　夜が明ける前に　出てゆく
から　金は　今　払っておくよ」
「蒲団は　入口に　積んであるはずだ」
奥の方から　かみさんの声で　「ふとん　ふとん」　と　言っている声が聞こ
えた
何を言っているのか　店主は　返事もしない

暗くて　ぎしぎしなる階段を　手さぐりで上がると　倒れこむように　目の
前にある蒲団に　くるまって寝た
店主が言っていた　三畳間の反対側でなく　二階を上がってすぐの　三畳間
の部屋の隅に　蒲団がしかれていた
勘助は　前に泊まった客が寝た蒲団が　片づけられていないのに気づかず　こ
このカミさんがしいてくれたと　思いこんだのだ
夜中に目が覚めた　頭を横に向けたときだった　ゆらゆら揺れている
厠に行こうとしたが　真っ直ぐ歩けない
闇の中を　手さぐりして　壁づたいに　厠にたどりついた
どうやらこうやら　蒲団にもぐった
左に向くと　いくらか落ちつくが　右へ向くと　そのゆらゆらが　激しくな
る
また左へ向いて　少しすると　吐き気に襲われた
地べたを這って　厠にたどりついた

その翌朝　飯屋の店主が　昨日やってきた客が　下に降りた気配がないので
二階に上ってみたが　寝ているはずの男の姿がない
だが　出て行った様子もない……
そうして　厠に倒れている勘助を見つけた
もう　息の根はなかった
前日に泊まった客の蒲団に寝ていたようだ
店主「ちっ……　こっちの蒲団に寝てしまったのか」
勘助の荷物から　街に買い出しに来た　サンガ村の男だと分かった
飯屋の店主は　牧太郎の所へ行き　客を　すぐ引きとりに来てくれ　と言う
……「いやはや　とんだ迷惑だ」　と言い捨てた
牧太郎「何で　何でだ　お前様は　あれから　用を済ませて　山へ戻ってい
たはずじゃないか……　誰より元気だった　勘助さんが　もっともっと　生き
抜くはずの男だったのに」

牧太郎は　街の入口の　サンガ村の者しか出入り出来ない　小屋の川辺近く
勘助を荷車に乗せ　焼き場で　懇ろに　追善の祈りの中　焼いた
そうして　小屋の机に　真白な布　牧太郎が　かねてより一番大切にしてい
た織物を敷き　骨を納めた
勘助の物は全部処分したことなどを書いた紙を　そこに置き　連絡するまで
街に入らぬようにと　〝お知らせ〟　を書き止めた
それは　まもなく　春に知らされた
春は　その事実すべてを　受けとめなければならない
春は　勘助の忘れ形見を　真季と名づけた
いつも　村のみんなが集まる　寄りあい場所へ　よく連れて行った
真季は　その中で　大人達　子供達の中で　育てられ　また鍛えられて　少
し物心がつくと　家事や　外まわり　手仕事なんかを　見て憶えて　真似をし
て　除々に身に付けた
また　人との交わり方　折りあいをつけることも　自然のうちに学び　真季
の個性を作った

何事も　素直にやり通す子であった
真季が八才になって　育ての親に行く年になって　春が　一番心を許して　頼りにしていた　女友達の富と　その夫　成雄に渡すことがきまって　真季のこれからの事は　何も心配ないと　安心した
二人が　真季を育てるのに　一番相応(ふさわし)いと……　また　そうなることを祈っていた
サンガ村のみんなで決めることで　春が　口出し出来ることではない　村の取り決めであった
その成雄と富の夫婦には　すでに三年程前　ひと足先に　信一が　預けられていた
また　その上にも　四才はなれた美姉(ミネ)が居た
成雄と富は　子等を　平等に　愛情深く　育んでいた
ただ　信一は　年に数回　気の病(やまい)に　犯される
いつ　またおきるか　成雄と富は　気を抜けなかったが　その病が治まると何事もなかったようになる

そして　村山の子供等の頭（かしら）として　復活するのだ
「とと様　かか様　ごめんね！」
と　あやまるが　いかにも　まだあどけなく　二人とも　安心して　涙をこらえる
ああ　良かった　どうやら　今回も　病を乗り越えたと

真季が　育ての親に預けられて　間もなくして　春は　街へ降りて働くという
勘助が亡くなり　真季の行く先も決まって　周りは　街で働くという春を　強く引きとめるものはない
街には　この村山から降りて　大店（おおだな）の女将になっている　いとのことが　知られていた
そのいとを頼って　働かせてもらうのだと　言っていた
周りは　いとならば　きっと　春を受け入れてくれるだろうと……
「もし　受け入れてもらえなかったら　どうするんだい」　と　あのいとならば

どんな風に出るか…… と危惧するものもいたが…… しかし いとの所で働
くことしか考えていない 春だった

いとと新太郎が下の街に降りて住みくらした

あの頃のいとにしたら　勘助と春が所帯をもち　やがて　春が子を身籠った事は　耳を塞ぎたいほどのことだった

まだ心の乱れが治まらない　春のはじめ頃に　勘助が下の街へ降りて　流行(ハヤリ)病(やまい)で　あっけなく死んだ――と聞いた

勘助が　再び戻らない　このサンガ村に居るのは　辛い……　と　一年　二年　三年　それは　いとの心の穴を広げた

武雄と新太郎と三人の暮らしぶりは　端からは　平穏にすごしているように見えた

新太郎は　村山の兄様　姉様から　字を　また　数(かず)を学び　おじじ様　おばば様から　土(つち)のこと　畑のこと　また働き盛りの男や女から　家の建て方　魚のとり方　動物達の世話　様々を　八才になるまで　父武雄　母いとのもとで生きた

無口だけれど　黙々と働く父　家の事　外の事を　恙無(つつがな)く遣りこなす母のもとで……

新太郎は　父が　大工仕事や　いろいろな細工ものを作っているのを　見て

いるのが　とくに好きだった
ちょっとしたものなら　作ることも出来るようになっていた
八才になって　育ての親のもとへ行くのにも　何の抵抗もなかった
すでに　育ての親とも　身近に接していたし　仲間も　みな　そうした親子の関係に　区切りをつけて　このサンガ村の仕来たりに　したがっていた
ただ　いとや武雄と　一緒に暮らす日々が　あまりないことを自覚すると　寂しさもあったが　これから行く　育ての親　兄　妹　弟たち　との中で　もう子供じゃない　もっといろいろな事が出来るようになるんだと　元気が漲る自分もいた

が……　新太郎は　まだ　夜が明けきらない早朝に　いとに　少々の持荷をしょわされて　急(せか)されるように　山を降りた
いとに話しかけても　返事もくれず　母の目は　行く先の道しか見ていない

不安が　新太郎の心を占めた

街に降りた時は　すでに夕ぐれである

途中で　固くなったモチを　歩きながら食べただけだった

その日のことは　それからも　ずっと夢に見ることがあった

あてどもなく歩く自分と　前を行く母　周りは　暗くて先が見えない　歩いても歩いても　いつも見慣れている山の景色でない

それからの日々　いとは　いつまで経っても　山へ戻る気配がない

新太郎「かか様　いつ　山へ帰るのサ　とと様が　きっと　心配しているにちがいないよ」

いと「もう　山へは帰らないんだよ……　よおく聞いて　お前と私は　山から追ん出されて　もう　帰れないんだ」

新太郎「とと様は　なんにも言ってなかったし　とと様は　どうして一緒に

来ないのかい
どうして　山から追ん出されるのかい」
いと「もう二度と　山の話をしちゃ　だめだよ
お前と私は　山から追ん出されたんだからね」
いとは　念を押すように　新太郎を睨んで　強い口調で言った
新太郎「なぜ　とと様は……」
いと「とと様は　全部知ってのことだ」
新太郎「何か　悪いことをしたのかい　どうして　なぜ……」

いとと新太郎が下の街に降りて住みくらした

いとは　山から　新太郎を連れて降りて　まずは　働き口と寝床を　探さな

ければならなかった
とりあえずは　街の道ぞいにある店に入っては　働き手を探していないか　新太郎を　少し離れた所で待たせながら　何軒か歩いた
途中　井戸水が飲める場所があった
まず　新太郎に　腹一ぱい水を飲ませ　自分も　ひと息ついて
いと「さあ　新太郎　もう少し　歩いてみよう」
いくらかの金は持っていたが　大事に使わなくてはならない……　新太郎に何か腹のたしになるものを食べさせるつもりで　次に目にした飯屋に入った
いとと　新太郎の前に　麦めし　おここ　具だくさんの味噌汁　魚の煮つけいもと大根　ごぼう　れんこんなどの　煮ものが運ばれてきた
思わず　いとは
いと「御主人　私を　ここで　働かせてもらえないだろうか　一生懸命　働きますんで」
突然の申し出で　店主も面食らった顔をしたが　子供の笑顔と　きれいな食べかたを見て　深くは聞かないことにして

店主「そうかい……　来月は　街も　祭（まつり）で賑やかになる
人手が　あってもいいか……」
と思い
店主「ずっとじゃないよ　来月中（ナカ）　祭りが終わったら　それで最後だ……　それでも　いいのかい」
いと「はい　それでいいです　ありがとうございます　しっかり働きますんで」
いとは　ここで　ようやくほっとして　新太郎を見た
無邪気に　飯を　うまそうに食べている
自分も　改めて　ごはんを掻（か）き込んだ
いと「御主人　明日からで　いいんですか　なんなら　今からでも　働きますよ」
店主「いや　今日は　もう　そんなに客は来ないから　明日からでいいよ……
ところで　そんなんじゃ　住むところなんか　あるのかい……」
『余計な　ことを聞いちまった』

いと「これから探すところで……　ここで働いている間だけ　台所の端っこで　いいんですよ　寝させてもらえないですかね」
店主「だめだよ」と言って　店主は　ちょっと考える間をとって　「馬車追いをしている客で　小屋に空いた所があると　言っていたなあ……　毎晩　夕飯を食べにくるんで　来たら　聞いてあげるよ」
いと「じゃ　ご主人　その人が来るまで　今日　ここで働かせてください　洗いものでも　掃除でも　何でもしますんで」
店主「その子供は……」
いと「そこらで遊ばせておきます」
ということになった

夜空に　星が　はっきり見える時分になった頃　店に入ってきた馬車追いの男は　そこに　いとと新太郎が　立ち塞がるように立っているのを見　瞬きをして　いすを引き寄せた
馬車追いの親方『どっこいしょ』

腰をおろしたところで　店主が　話をきり出した

馬車追いの男は「うーん」と　一息ついて「借家賃は　いらない　そのかわり　馬車小屋の掃除　馬の世話　馬が盗まれないよう見張ること　若いもんの手助けもするんだ

坊主ならやれそうだ　何かあれば　おれの家は　すぐ隣だ　言ってくればいい」

その後　いとは　三年程　その飯屋で働き　馬小屋の一番奥に　自分たちの寝床も　それなりに落ち着ける場所に　少しずつ　作りなおした

新太郎は　母の帰りを待って　食事の支度も　馬小屋の仕事も　気がつく限り　誰に言われずとも　体を動かした

母が帰ると　待ちかまえて

「かか様　ほら　花だよ　花が咲いてくれたよ」

毎日毎日　植木に語りかけ　御機嫌をとるように　水をさしていた

「おれの作務衣と　おんなじ色だ」

いと「本当だ　お前の色だ　美しい色だ　ふしぎだねえ……　この花は　お

前の事を　親だと思っているのかねぇ」

いとが　店で働くようになって　食べ物の品数も増え　男の客ばかりの店が　女や子供の客も　きれめなく　店をめざしてくるようになった

いとは　給金が上ることはなかったが　店主の連れあいが　病気がちで　薬代に金が　かかると知り　それはそれで割り切っていた

自分と新太郎が　生きのびてこられた恩を　忘れずにいた

馬小屋での生活　〝鳥〟

（新太郎）
俺が　母さんと　何年か住んだ馬車小屋　その奥の左側に　大きな流し　その向かい側には　肥料　馬の干し草が　天井まで　堆く積んであった所だったが　その場所の半分ほどを　俺たちが住むための居場所に　馬車追いの親方があててくれた
使えそうな板を探して　張り合わせ　壁にして　仕切った
北側で　夏はいいけど　冬は　何か暖をとれるものがないと　寒くて　夜中に目が覚める
そんな時は　母さんにくっついたら　母さんが　自分の太ももに　俺の冷たい小さな足を　挟んでくれた
あったかくて　柔らかくて　そのうち俺は　寝入ってしまう

夏のはじめの頃　小屋の中に　鳥が入っていたのに気づかず　いつも通り　戸閉まりをして　寝た
朝　起きたら　母さんが　小屋のどこかで　鳥の鳴き声がする　と言ったん

で『外に出してやったかい』と　聞いたけど　急いでいたんだろう　そのまま言いおいて　出て行ってしまった
耳を澄ますと　大人の鳥の鳴き声でなく　雛の鳴き声のようだ
夕べ　一晩中　小屋の中にいたみたいだ
俺は　その鳴き声の方に近づいて　けっこう高い所にいると　見当をつけ　長い棒で　そこら辺り（あた）を突っついて　鳥が飛び出してくるのを　待ち構えていたが　かえって　もっと奥へ　入っていくようだった……　長い梯（はしご）を　天ぺんまで積んである干し草に押しつけ　風穴を開けた
『さあ　出てゆきな　ほら　風を感じるだろう　そこから　外へ出てゆくんだ』
すると　その鳴いている雛より　もっと大きな鳴き声をたてて　飛んでいる二羽の鳥が　右往左往　飛びかかっていた
雛の母親か父親か　『さあ　坊や　出ておいで』と　言っているようだった
俺は　雛の前にある箱を　どけてみたら　赤い喙（くちばし）を突き出して　鳴いている
俺は　雛の体を　包むようにして　そっと手の中に収め　梯子をゆっくり降りて　外の原っぱに　放した

親鳥が　すぐ側で　ぱたぱたと　枝から枝へ飛びかい　興奮して　雛からつかず離れず　俺を威嚇しているようだった
その草っぱらを　そっと覗（のぞ）いたら　雛は　疲れきった様子で　羽を広げ　俺から逃げようとしているようだ
平（ひら）たい皿に　水をなみなみ入れ　すぐ側に置いた
あとは　自力を待つしかない
俺は　少し離れた草の上に　ごろんと寝ころんで　半時程経ったろうか　俺の耳に　鳥が鳴いて　飛んでゆくのが聞こえた
その場を去って行ったようだ
最後の鳴き声は　『旅立ってゆきます』　と　告げているようだった
夕べのうちに　鳴き声に気がついていたら　良かったのに……　雛も親も　大変な日に　あってしまったものだ
親は　雛から　ずっと離れなかったようだ
雛も　親の鳴き声を頼りに　がんばった
どこかで体力をつけて　大人の鳥になって　あの大空のもと　森や川を見お

ろして　凮をよんで　羽ばたく親子の鳥が　目に浮かんだ
もう二度と　遊び心で　人間の作ったものの中に入ってはいけないと　分かっただろう

いと と 作次

（いと）
私が　山から降りて　働いていた飯屋に　ふらりと　作次が入ってきた
ひと目見て　どれほど疲れているのか……　顔に　深い皺　髪の毛も　白と
黒の　斑猫(ぶち)の毛のように　妙に生えていて　変だ……　なんだか変だ……
店を閉めようとしていた時だったんで　もう　誰も　居なかった
作次「わるいが　一杯だけでいい　飲ませてくれ」
と　言われ　私も　なぜか　そん時　断れなかった
作次は　手酌で　酒を　飲んでいた
私は　あん時　なんか引き寄せられたように　作次の斜交(はすか)いに座って　冷酒
を　ついでやったのさ
作次の　周りは　重くて　どんよりしていた
何気に見ていると　その作次の背中に　大柄な女が　べったり　伸し掛かっ
ているのが　見えた
その女が　何か言って　ぎゃーぎゃー　喚(わめ)いているようだ
ああ……　くるった女だと　思った

その日　作次に会ったのが　初めてだったんで　遠慮なく言った
いと「旦那さんの背中に　くるった女が　おんぶさっているよ
その女の話を　よく聞いてあげれば　女はそれほど　うるさくしないと思う
よ……　たぶんね」
作次は　そり返って　酒をごくりと飲み干すと　札を一枚置いて　帰って行
った
それから　十日程たった頃に　また　作次が　店にやってきた
たまたま　その日も店を閉めようとしていた時分で　人気がなかった
私と　何か話したいと思って　来たと言う
作次「おれは　親から店を継いでやっているが　嫁に来た女が　とんでもな
い　気ちがいだったのよ
誰が見ても　そうは見えない　言うことも　やる事も　普通なのサ
昼はそれほどでもないが　夜中に騒ぎはじめるのよ
女中を付きっきりにしているが　ちょっと目を離すと……　この間なんか　素(すっ)
裸(ぱだか)に赤の襦袢(じゅばん)を履(はお)って　家中走り回って　けたたましく叫んだと思ったら　ひ

ょっこり変わって　大声たてて　笑いながら　外へ出てゆこうとする
そん時は　わしが押さえて　静まらせるが　・・・ほとほと疲れるんだ
何もかも捨てて　どこかへ逃げようと思うこともある
何が……　緋色の長襦袢よ　親が　魔除けに　嫁入りのときもたせた　〝くそったれ！〟とんだ魔除けよ……　だけど……　踏ん切りが　つかないんだ」
いと「……以前　わたしに　いい働き口があると　声を掛けてくれた　おひとがいてね
そこは　家族が手に負えなくなった　男や女や子供なんかを　預かるところでね
私には子供が居るんで　この街から離れられないと断った
なんでも　この国のお偉いさんが作った場所があるということだよ
ずっと北の方らしい……　そこに預けた方がいい
旦那さん　そのうち　その奥方に手あまして　自分も店も　底なし沼に嵌まって　抜けられなくなるよ」
作次「へぇ～　そんなところが　あるのかい！」

いと「松崎村のやぶ医者なら　その辺のことを　知っているはずだよ」
「そりゃあ　いい話を　聞くことが出来た
どうなるにせよ　しかし……　この前　初めて店に入って　あんたに　ずば・・
り言い当てられて　びっくりした
相談したいと思って　こうして来たんだ」
「私も　なんでもかんでも　見えはしないが　この間は　あんまりはっきり見
えたんでさ！　声まで　聞こえたんだよ」
いとと作次のそんなやりとりがあって　作次の嫁は　医者の手引きで　いと
が言っていた　その場所に　預けることになった

秋口だったが　真夏が蘇ったような　おまけに　ムシッムシッとして　太陽が　音まで出して　ごうごうと照りつける日　嫁（稲）には　もみじ狩りに行くと言って　弁当なんかも女中に持たせ　当座の身の回りのものを　店の若いものが　荷車に積んで　作次　稲　女中　若いもんの四人で　出発した

稲は　最初のうち　機嫌よく　口数多く　突拍子もなく　手を叩いたりしていた

真赤に紅をぬった　口もとの歯に　紅がついて　まったく　見づらいが　作次も　稲のいいなりにして　これから行く　その場所に　預けることを　気づかせないよう　気を使いながら　時々　荷車のうしろを　押して歩いた

だが　小一時間程行った所で　だんだん　稲の機嫌が　悪くなってきた

焦り始めた作次は　半ば　無理やり　稲に　医者からもらった薬を飲ませた

・・・

あれよという間に　稲は　崩れおちた

作次「さ　今のうちだ　連れてゆくぞ」

荷台に　稲を寝かせ　再び　道を目指した

途中　誰も　まだ　水さえ口にしていない事に気づき　水だけは　それぞれ

気が済むまで飲んだ
急ぎの道中は　誰一人　声を出すものはいない
その場所に　辿り着いた
小高い丘の　天辺に着くと　見おろした先の　平原の中に　ぽつんと　大きな建物が見えた
窓という窓が小さい　その異様さに圧倒された
その時　はっきりした声で　「作次さん」　と　稲が　声をあげたので　作次も　そして女中も　若いものも　どきりとして見ると　稲は寝入っている
黒いまつげは　閉じられて　人形の顔のようだ
「いもがゆ　おいしゅうございました」
そう言った
作次は　もうひと昔前のことだったが　稲が　嫁に来て数年経った　二十一二才の時　高熱を出して　三日　四日　医者が　どんな薬を服ませても　一向に　熱が下がらなかった　水さえ飲みこむ力もない
そんな日々の　ある夜中に　作次が　昔　ばあさまが　誰か体の具合の悪く

なった時など　いもがゆを作って　食べさせていた事を想い出して　めったに
入った事のない厨(くりや)に入って　〝確か　こんなふうだった〟　と　記憶をたよりに
作ったいもがゆを　しっかり冷まして　稲を支えて　口に含ませると　一口　二
口と　飲みこんだ
小さな茶碗の　半分ほどであったが　稲は　それから少しずつ体力を付け　回
復したことがあった
『ああ　あの時のことだ　あの頃　わしは　稲を助けようと　必死だった
それが　いつの間にか　稲に対して　感情をもたなくなっていた
そうしなければ　自分が　自分でいられなくなると思ったんだ
誰かが言ってくれたよ　海に溺れている人間を見て　自分が助けてやれるか
自分が泳ぎの出来ない人間だとしたら　どうしようもないではないかと
この道しかなかったんだ』
作次は　心の中で　つぶやいた
『この道しかない
これまで　わしの出来ることは　やったんだ

稲　わしを　忘れてくれ！』

新太郎が身をおとす

新太郎は　土田屋に　いとと一緒に入ってから　ずっと　母と一緒に居られることは　安心ではあったが　騒めく周りに　馴染めずにいた
また　作次は　新太郎を見ると　ギロリと一瞥することがあっても　声を掛けてくることはない
以前は　おしゃべりで活発な子であったが　日に日に変わっていく様も　いとは　大人へなってゆくのだ　男の子は　こんなものだと　自分を納得させていた
四　五年経って　お金を持たせるようになると　外へ出て行くことが　多くなって　その金の匂いを嗅ぎつけた　悪どもが　新太郎を　取り囲むようになっていた
新太郎は　一時(いっとき)は　仲間とつるんで　街中を　遊び人の真似ごとをして　憂さを晴らせた
居場所のない　寂しさよりは　気を紛らわせることが　できた

（いと）
いと「私は　ヘソの奥まで　悲しかった　苦しかった　だけど　山の事　勘助　武雄　想い出さないように　してきた
誰にも　言ったことはない
それから　逃げる……　いつも……
土田屋に来てから　私は　一日一日　生きてゆくのが　精一杯で　旦那様や新太郎のことさえ　思いやることもないまま　朝から夜遅くまで　寝る間も惜しんで　働いて働いて……　除々に　店も　私が指図して　みんなを従わせ　世の中回っていると　だんだん錯覚していった
もう　何年前になるか……　春が突然　サンガ村から降りて　この街で　私の所で　働きたいと　やってきた
私が　どんな身分になっているか　いやというほど　見せつけてやったさ
私は　サンガ村にいた頃　春を憎んでいた
私は　長い間の　胸に支えていたものが　すとんと落ちた　音をきいた

私は　勘助の幻に　取り憑かれていたのさ
春……　それが嫉妬か　妬か……」

いとは　顔立ちも良く　すらりとした体つきであったが　笑うと　不揃いな
歯が目立つので　口を　大きく開けることがなかった
それに比べると　春は　どこにでもいそうな顔立ちで　全体が　まるまると
して　肉づきが良かった
周りの者を　よく笑わせて　自分も　ころころと笑った
口数は　多くはなくとも　話す声は　濁りなく　はっきりして　それでいて
やさしい響きは　聞くもの達にとって　ここち良かった
誰か　手が欲しい時は　いつも近くに　春がいた
村山には　春のような女達が　たくさんいた

いと「春が　店の仕事にも馴れた頃は　足を伸ばしてでも来る　上客もふえた
ほっとして　周りを見たら……　旦那様は　あっちこっち遊びはじめ　女も作った
新太郎も　周りに　悪たちが取りまいていた
心の中で　これが　私が望んでいたことなのか　悶々としていた
それを　春は感じていたようだが　素振りには　見せなかった」

（新太郎が身をおとす）

新太郎は　昼と夜と　逆さに生きていた

昼も　いい加減過ぎた頃　起きて　飯をかきこみ　何をすることもなく　三四人の仲間と　博打場が開くまで　街を　ふらりふらりさまよって　そこいらの店をひやかして　時を過ごす

その日も　明け方近くまで　博打場ですごし　仲間の家で　薄汚れた蒲団を頭から被って　寝入っていた

誰か　声を密めて　話をしている

新太郎は　その声に　耳をすませた

育雄「新太郎は　女中でも　していたのかい……　ふふふ……」

良造「そりゃあ　ないけど……　ハハハ……　お袋は　飯屋で働いていたところを　土田屋のおやじと　いい仲になって……　今は　女将におさまって……」

育雄「あの　上から　人を見下る女か」

良造「そんなんでさあ……　もともと　山の出らしいですで」

育雄「ああ　そんじゃ　新太郎が　女みたいに　台所のことも何んでも　女のすることをやれるはずだ」
良造「そうなんですぜ　この世の中　男は男の仕事　女は女の仕事と　決まっているところで……」
育雄「ふん……　そうかい　男が　女の仕事をするってか……　気色悪いや」
良造「へェ　本当にさあ」
育雄「こっぱずかしいや」
新太郎は　自然に振るまってきた　今までのことが　この街では　馬鹿にされるのだと　その時　はっきり理解した
それ以来　新太郎は　この街の男と同じように　女のすることとされていることを　やめた
それからは　悪いといわれることなど　我先に　これみよがしにやって　周りに見せつけることで　みなの目が変わることを　肌で感じた
悪に　自分から進んで　身をしずめた

佐助と新太郎　〝紅葉(こうよう)〟

（紅葉）

山々の木々が　季節を　気づかせる

春先の若葉が　知らないうちに　若緑から　黄色　赤　茶　黒　様々に染め春　夏の　鬱蒼と繁っていた緑の森も　葉をおとして　木々の向こう側の　丘のあたりまで　見透せるようになる頃　新太郎は　広志と　何やら話しながらその道沿いを　歩いていた

子供の頃　街に降りる前　サンガ村の子供達の　秋中の遊びの一つに　紅葉した葉を　それぞれが拾い　見つけたのを　誰のが一番美しいのかを　競った事を　想い出した

俺の葉は　美しかった　一枚の葉に　何色も色が入って　おまけに　こまかな虫食いの編み目が出来て　誰にも負けないと思ったが　一番をとったのよりひとまわり小さかったので　負けてしまった

けど　とと様は「新太郎のは　虫食の　こまかい編み目があって　他の葉より　ずっと美しいよ　お前が一番だ」　と　言ってくれた

そんな昔の事を　ふと思い出しながら　長屋の前を　通りすぎようとした時

小屋といえる程の　小さな家の前に　佐助が立っていた
二人の話し声が近づいて　佐助は　家の脇に　身を隠すように　消えた
広志が　新太郎の耳もとに　口を寄せて　言った
「あれの母親が　男を引き入れているときにゃあ……　ああして　一日中でも
外に出されているんだ
夏場はまだしも　雨や雪の降っている時もさ……」

〈おじじ様　おばば様　と　佐助〉
おじじ様に言われるまま　おばば様は外に出て　いつも目にする　佐助の家の周りを見渡して　佐助の姿を捜したけれど　居ないようだ……　おばば様はなおも　佐助が雨宿りしている　いつもの物置の庇（ひさし）の前にも　足を運んだけれど　そこにも佐助は居ない
そうこうして　おじじ様が　心配して待っていると思い　ひとまず　家へ戻った
おばば様「あんた様　どこにも居なかったよ」
おじじ様「ああ　いつものところにもかい……　今朝　初雪が降った　今夜は冷えるよ」
おばば様「どこに居るんだろう」
おじじ様「母親の男も　もう帰ったんだろう……　家に入っているんだろう」
おばば様「そんなら　いいけど」
二人は　佐助を案じながら　夜は　更けていった
おばば様は　佐助が　家の外に出ているのを　時々見かけて　その事情も知

っており　そんな時は　いつでも　ここに来るように　佐助の顔を見るたびに
言っていた

佐助は　おじじ様　おばば様のところへ行けば　何とか暖もとれるし　腹も
満たしてくれる　二人のやさしい　ぬくもりも　もらえる

だが……　ある時　佐助は　知ってしまった
二人の食べものも　底をついていることを
おばば様は　片目が不自由ながらも　余所(よそ)様の夜着を　早朝から晩方まで縫
いあげて　いくらかの日銭を稼いでいること
佐助は　それ以来　おじじ様　おばば様のところへは行くまいと　まだ幼い
心に決めた
おばば様の姿を見ると　さっと　隠れるのだった
おじじ様が　この頃　ほとんど寝たきりになっている今　おばば様が大変な
ことは　子供ながらも　敏感に感じていた

次の日　新太郎は　佐助の母親　みやのもとへ　行った
新太郎「おい　おかみさん　俺の親が　もう少し　行った先で　土田屋という店をやっている　下働きの坊主を　捜しているところさ
お前さん　坊主を　うちの店に　預ける気はないかい」
みや「え！　ああ……　願ってもない
世の中にゃ　神さまもいるもんだ
願ったり叶ったり……　どうか　連れて行ってくださいな
ああ　ありがたい
若さん　給金は　うちが　責任もって　取りに伺いますんで！」
新太郎「なに　給金なんざ　当分は　出せねえよ
使いもんになるかどうか　わかんねえし
じゃあ　やめるか　この話」

みや「……なんぼ見習いでも　ちっとは……」
新太郎「お前さんよ　むすこは　何才だ」
みや「……八才に　なりましたよ……　そうだ　八才に　なったところですよ」
『俺が　山から降りた年だ』
新太郎は　なぜ自分が　佐助を　あの母親から　救い出してやりたいと思ったのか　腑におちた気がした
新太郎「八才にしちゃ　ずい分　ちんこいんでないか」
みや「ちゃんと　食わしてましたよー」
新太郎は　懐から　大きな蝦蟇口（がまぐち）を出して　札を五枚　みやに　わたした
みや「佐助　これからは　よおく　若さんの言うことを聞いて　しっかり働くんだヨ
大きくなって　稼げるようになったら　母さんに　恩返しするんだよ！　さあ！　行きナ
若さん　連れて行ってください　少しでも早く　そちらに馴れた方が　いい

べ・さ・！」

と　作り笑いをした

佐助は　母親の顔を見ることもなく　じっと　路傍の石を見ていたが　みやが　佐助の頭を押し出すのに　逆らわず　一度も振り返らず　新太郎の後につづいた

新太郎は　店に直行し　番頭の伝助に

新太郎「下足番か　下働きか　この佐助は　八才だ　何か　仕事をさせてやってくれ」

と　引き渡すと　伝助の言葉も待たず　店を出て行った

その後しばらく　佐助は　新太郎に　会うことはなかった

新太郎は　いつ出て　いつ帰るか　わからない

帰ったら　奥座敷に入ってしまうし　また　佐助も　奥には　めったに行くことはない

しかし　佐助は　たまに　新太郎の姿を見たときは　安心し　目で　新太郎の後ろ姿を追った

佐助が　少し　土田屋にも　馴れてきた頃　番頭の伝助は　思った

佐助は　当(あて)になる子供だと

少しずつでも　いろいろ仕事を　仕込んでいこうと　先のことまでも　考えた

一か月ほど経った頃　新太郎は　その日　明け方に　どこからか帰ってきた

いつもより乱暴な足音だったし　木戸をたたく音も　荒げない

佐助は　新太郎が　まだ帰ってない夜は　もしもの事があったらと　気になる

そんな夜は　戸口の近く　板の間で　耳だけは　小さな物音でも　気づけるように　うつらうつらしていた

やがて　〝がたん〟　と　音がして　その物音に　素早く起きて　戸口を開けると　新太郎は　倒れこむように　おぼつかない様(さま)で　上り口に足を置いたが

・・・

よろけて　ひっくり返ってしまった

「新太郎さま　大丈夫ですか」

「水　水をくれ」

そんな事が何回もあった

土田屋に　みやが　突然やってきた
「番頭さん　佐助の母親なんだけど……　世話になってるね
うちの坊主を　呼んでおくれでないかい」
「ああ　あんたが佐助の　今　佐助は　使いに出しているよ」
「うちの坊主にも　給金出たんだろう」
突然やってきて　佐助の母親だと言って　しかも給金の催促……　伝助は　一(いち)瞥(べつ)して　みやの為体(ていたらく)を　見破った
商(あきな)いの度真中(どまんなか)で　百戦錬磨を　身につけていた
この男は　みやが　いつか来ることを　予測していた
その時が来たら　何を言えば　二度と足を運ばなくなるかを……　それも頭に入れていた
『この女の　言うなりにしてたら　息子に　毎度毎度　せびりに来る』
「ああ　昨日　いただきましたよ

あんた　給金の日を　誰に聞いたんだ……　佐助は　まだまだ　給金を出せる程には　なってないよ
当分　そうだナァ　こづかい程度だ
そのこづかいも　女将さんが　ずっと　預かることになってね　佐助は　仕事の憶えも早く　なかなか気がきく
女将さんも　気にいって　いずれ　仕事を仕込んで　一人立ち出来るようにしてやろう　ということで　その時まで　佐助の金は　女将さんが預る　ということに　なったのさ」
「いやー・・・！　なんだいー　当てが外れたじゃないか
そんな　そっちで　勝手に　決められても」
「あんたの当てが　外れたかどうかより　さあ　そろそろ　店に　客が入ってくる
あんたが　そこに居ちゃ……　わるいが　邪魔なんだよ
さあ　話は　おわり」
と　言って　大きな声で　周りのものに　なんだかんだ　指図して　奥へ消え

た
番頭　伝助が言ったとおり　身なりの良さそうな　男や女が　賑やかに入ってきた
客も　ちらりと　みやを見る
みやは　客の視先を感じ　外へ出た
道路脇の石を拾うと　力を込めて　店の壁に　おもいっきり　投げつけた
壁は　ガン　と　大きく響いたが　びくともしない
みやは　ますます腹を立て　怒りの目で　店を睨んだ

佐助は　店から　ほんの少しの給金　それはこづかいほどであったが　自分に使うことは　なかった
それを持って　あの　おじじ様　おばば様に　買えるだけの食べ物を　手に入れ　母　みやに　見つからないように　届けるのが　常だった
自分が暮らした　その家を　見ないよう　裏道を　通ってゆく
それを見たら　これまで必死に　塞いできた壁が　崩れるように　思うのだ

った
佐助は　今の　土田屋での暮らしは　それなりに　幸せだった
新太郎様を　お守りしたい　それと　おじじ様　おばば様を　こんどは　自分が守ってあげるのだ
と　あたりまえのように　少しの時間でもあった時は　様子を見にゆく
佐助の顔を見て　おじじ様　おばば様も　安心した
二人は　一言（ひとこと）も　みやの事には　触れなかった

あじさい

（新太郎）
　雪は　作次の囲い者だった
　作次が　どんなふうに生きてきたのか　知りたくもないが　俺が　和と　街はずれを歩いていた時　和の姉　雪と　作次が　行き止まりの一軒家に　入って行った
　雪は　二親（ふたおや）を亡くしてから　和を養い（やしない）　働いて生きてきた……　『いやなものを見た』　作次を取りまく女の一人は　雪だったんだ
　作次の　いつもながらの横柄な態度　雪を　大きな声で　怒鳴っている
　人が振り返る程の　強い声だ
　そんな威張りくさった様は　いつも通りだ
　和の話では　作次には　何人か女がいるが　囲っているのは　雪だけだと言う
　雪に　べったりのくせに　気に食わないことがあると　いつも　あんな風に怒鳴るんだと……
　雪は　少し前から　俺と和が　一緒に居る時に　出交（でくわ）したりすると　じっと

俺を見る
俺が　その目を見返すと　顔を赤らめ　さっと　下を向く
俺に気があるのは　知っていたが　それでいて　作次に囲われているんだと
知って　何か腹立たしかった
俺は　雪を　ちょっとからかってやろうと　思った
作次の鼻を　あかしてやろうと　腹の底で　思っていたのかもしれない
雪とは　作次のいない時に　何回か会っていた
そのうち　俺が問い正しもしないのに　雪は　『作次とは　金のためだ　きっぱり手を切る』　と……　俺の背中に　別れぎわ　言った
たじろいだ　俺は遊びだ　本気じゃない　その言葉が出ないほど　雪は思い込んでいる
そうこうして　雪は　子を孕(はら)んだ
作次にばれ　また　同時に　俺が本気でなかった事を悟った
雪は　誰の子か　口を割らなかったが　俺が　作次に　腹の子は俺の子だと
言った

雪は　作次に　自分を捨ててくれ　子は　どんな事をしても生む　と言った
そうだ
さすがに作次は　雪を手放すと思ったが　前にもまして　雪を　きつく縛り
つけるようになったと　聞いた
まだ　雪に未練があったんだろう
生むだけは許すが　育てることは認めない　と
その事情を知った母さんは「新太郎の子は　自分が引き取る」と言った
作次は　俺と雪の子　莢（さや）を　母さんが　引き受けて育てることになってから
は　もう　ほとんど　家に帰らなくなった
俺は　莢が来てからも　まだ　遊び暮らしていた
俺の子に違いはないだろうと思っていたが　何か　人事のようでさ！

莢（さや）の子守として　サンガ村から来た女……　いや　娘　真季　俺は初めて　真
正面で　女に向きあう自分に　どぎまぎした
女は　俺を避けていたみたいだったが　どうしようもなく　ただ胸が痛い

たまらず　母さんに　泣きつくしかなかった
嫁にしたくなったんだ
だけど　無理　無理　無理　無理な話さ
薄ぎたなく　生きてきた俺　土田屋に来てから　七年か　八年か　生きてい
るか死んでいるか　自分でも分からず……　俺なんかを　気に留めてくれるは
ずはない　逃げられた
そんなんで　俺の心が　ぐちゃぐちゃになっていた
莢（さや）のめんどうも　乳母のとめが　改めて　みることになってから　それまで
莢の泣き声なんか　ほとんど聞いた事がなかったが　一日中　泣き叫ぶように
なって　手に負えなくなったある朝　また　泣き声に　寝ていたところを起こ
されて　思わず庭に出た
軒さきに　うす紅色のあじさいが　咲いていた
雨があがった後で……　きれいだった
しばらく　泣き声も耳に入らず　ずっと見ていた
〝はっ〟と　気づいた

あの娘は　真季は　莢の母親と思って　めんどうを　みていたろうと……　なんか　あの時　分かった
俺が　部屋にもどると　莢が　なにか愚図っている
母さんもとめも　その場にいない……　また泣きはじめる前に　勇気を出して　俺は　莢を　おそるおそる抱きあげた
莢は　俺を見て　怖がるふうはない
綿を包むようにして　抱きかかえていた
莢に　目をもどすと　俺の腕の中で　寝息をたてていた
そん時　俺は　莢は　俺の子供だ　自分が育てる　と　腹がきまった

冬から春へ　変わり目の頃　ここ半年　作次は　ほとんど帰って来なかった
何か　用がある時は　人を介して言ってくるのを　番頭の伝助が　作次のところへ　おもむく
新太郎に会えば　あの　ぎょろりと　下から上を見あげる目に　出くわさないのが　いくらか　いいとしても　昼まで店に出ている　いとが　もどるまで

は　新太郎は　莢を　手元から離せない
いとと　昼をとると　莢を　いとに預けて　気に入りの着物を　数枚選んだ
中から　その日の気分で　着こなして出てゆく
といっても　この頃は　連（つる）んでいた仲間に　会う気にならない

ここ数日　続いた雨もあがって　新太郎は外に出た
半時ほど歩くと　寺の修復工事が　盛んに行なわれている場所に　ここの所
ずっと　足が向く
土田屋に来て間のない頃は　居場所がなかった
そこから　逃げるように　外へ飛び出していた
春さきの頃　道々の両側は　雪もいまだに残って　氷が　〝まだまだ頑張る
ぞ〟と　しぶとく張っている
それを踏み込んで　ばりばり割ってゆく
氷が砕け　割れて出る音が　心地よいのだ
「いつも　俺は　どこまでも　氷を見つけて　歩いていったなぁ」

その頃の自分を　ふと想い出す
若い衆の声だろうか　何を遣り取りしているのか　声と声が　行き返ってい
る
新太郎の　好奇心を駆り立てる　その現場に来て
新太郎「おぉ　もう　あそこまで　進んでいるのか……　きれいな　仕事を
しているなぁ……」
どこの組なのか　みな　きびきび動いて　寸分のくるいも許さないぞ　と　そ
の現場は　まわりに　緊張感を漂わせていた
新太郎「お　みんな　降りてきた……　昼めしの時間なのか……
あ・・・あれは・・・あれは　仙一　そうだ　仙一だ　あいつ　ここで大工をしてい
るんだ
昔と　全く変わらないや……」
浅黒く　焼けた顔　その目は　幼友達だった頃と　変わっていない
大きな黒目で　やさしい目尻のひだまで……
仙一が何か言った

周りの若い衆が　どっと笑った
昔のまんまだった
思わず　仙一に向かって　小走りで行った
だが　俺は　きっと変わっていたんだろう……　仙一は　じっと俺を見て　や
っと　気づいたようだった
まっすぐ　俺の前に飛びこんで　俺の両肩をゆすって
仙一「いつか　きっと　出会えると思っていたんだ　ようやく　新に会えた！
会えた！」
って喜んでくれた
俺は　なんにも　言葉にならなかった
こんな俺を……　ありがたくて　心の中で泣けてた
二人で立ち止まって　いろんな話をした
とりとめのない事を……
たくさん　話すことが　あったはずなのに……　仙一を前にして　昔の自分
に　もどっていた

新太郎「俺も　とと様のように　なんでも作れる大工に　なりたかった」
仙一「山に居た頃　新は　とと様のそばで　何かにか作るのを　よく手伝っていたよな
俺たちと遊んだりするより　その手伝いの方が　好きだった
周りの仲間も　そうした新を　よく見ていた
新なら　腕（ウデ）の良い職人になれる
俺さも　この頃　ようやく　ちっとは　仕事を任せられるようになったが　こいつはという若い衆を　まだまだ育てられないのさ
新なら　もともと器用なんだ　すぐ仕事を憶えられる」
新太郎「仙　たのむ　俺を　一から仕込んでくれ
俺が　商売に向いていないことは　はっきりしている」
仙一「じゃ　話はきまりだ！　今　会った　ここで　明日の昼　この時間に待っているよ」

その日　俺が　家に帰ったら　店先に　佐助が立っていて
「ゆきさんが　身投げして　川下の　木村屋の裏の土手に　流れ着いたと
木村屋のおかみさんが　あんまり犬が吠えるんで　行ったら　雪（ゆき）さんだと分
かった
雪（ゆき）さんと　旦那様の事は　知っていたので　泡くって　店に　知らせに来た
んです
しばらく帰っていない旦那様が　ちょうど帰っていたところで　虫のしらせ
でもあったんでしょうか　それを聞いて　すぐ　番頭さんと　その場所へ　駆
けつけて行ったところです
昨夜あたり　自分で死んだんだろうと
口に変な色のものが　へばりついて　焼けて　ひび割れていたそうです
新太郎様　私が　いつも寄せてもらっている　桶屋の太一さんのところへ　取
り敢えず行きましょう
旦那様に会わない方が　いいと思います」
「そうかい　どうしたらいいか……」

佐助の言うとおり　今は　作次に会わない方がいい

頭の楔（くさび）がとれたみたいに　そこにつっ立っている俺を　佐助が　背中を押して……

そんなんで……　太一さんのところに　寄せてもらいました

こんな事があって　仙のところで　働けるかもしれないことに　有頂天になって……

世の中　そんな　甘いもんじゃない……

さんざん　悪かった俺が

雪が身投げしたのも　俺のせいです

今　罰が当たったんです……

仙一を　うらぎることにしました

明日　どの面（ツラ）下げて　行けるだろう……

仙一と　ついさっき約束したことが　夢を見ていたみたいで　どうしようもなく　情けない

仙一……」

新太郎は　桶屋の太一が差し出した　大きな湯呑みにそそがれた　麦茶の香りを嗅いで　胸の騒つきが　一瞬消えたように感じた
だが　手を出すこともなく　身を固くしていた
太一「さっき　佐助が来て　あらあら聞きましたよ
私は　こんなんで　一人もんだから　いつまでいたっていいよ
あんた　顔色が　ないじゃないか」
太一は　そう言って……
『そうさなぁ……　皮肉な話というのか……』
この目の前にいる新太郎から　身を守るため　春の娘　真季を匿った　そして逃がしてやったのを　つい　昨日の出来事のように想い出した
新太郎「何が　なんだか……申し訳ない……　つい佐助を頼って……　太一さん　出て行け　と言っても　かまいませんよ」
と腰を浮かせたが……
太一「あんたの事は　佐助から　いつも　聞いているんですよ
新太郎さん　気を悪くしないでください

世間で　あんたの噂は　けして　いいもんじゃない
だが　佐助は　いつも　あんたの事を案じて　慕っている
不思議だったんだ
一本気の佐助を　はらはらしながら　見ていたんです
新太郎さん　あんたが　佐助を　土田屋さんに　連れてきたんだってね」
新太郎「あの時の　佐助は　私が　山を降りた頃と　同じくらいの年だと……
とと様に　別れも告げず　ぷっつり　たくさんの仲間と別れた　心のこりが　あったのかもしれません」
「そうさね　新太郎さんあんた　サンガ村の人だったんだ
あまり　深く考えてなかったが　土田屋の女将さんは　山の人に拾われて　育ったんだ　なんでも生んだ子を手離したくないとて　山を降りてつれてきたのが　あんただ」
新太郎「いつの間にか　この街に染まってしまった　俺です
自分が生きてきた　ここは　本当の　俺の居場所なんだろうかと　ずっと思っていました」

太一「サンガ村の人達に　この街の大勢が　生命を救われたことがあったんですよ
あん時は　ひどかったよ！　いやいや　本当に　春と夏がなかった
晴れ間も　ほとんどなくて　朝から晩まで雨　どんよりした日ばっかりでさ
くる日もくる日も　待てど暮せど　お天道様がささない日ばっかりで　街中のみんな　食うものも　底をついた
そりゃあ　親戚同士が　助け合ったりもしたけんど……　わずかばかり作っていた　畑のものも　根腐れが　はびこって　物にならなかった
食べられそうなものを　工夫しながら生きのびていた
犬を食った者も　居たよ　いち(一)白　に(二)赤　さん(三)黒　よん(四)ぶち　ご(五)むく　なんてな！　周りに　犬が居ない時があった
そんな日が続いてなぁ　知り合いの何家族か　これからの事を考えて　とも

かく生きるためには　街を離れなければと　出てゆくものも居た
そんな時　サンガ村の山から　いつもの顔見知りが降りてきて　食べ物　薬
いろいろもってきてくれた
三人組　四人組　もっと大勢居たか　この私でさえ　体が弱っていた　気持
ちもさ
そんな時に　干したしいたけ　きくらげ　人参　みみずの粉　それをもらっ
て　朝昼晩飲んで　三日程経った　私は　元にもどれたんだよ　強い力が　蘇
ってきたんだ
そんな恩ある　サンガ村の人達のことを　このちっぽけな街の　物知り顔の
奴等や　小金もちが　街が大変だった時　自分達の食べ物を隠して　盗まれる
んじゃないかと　恐々としていたんだよ……　山のものは　女　子供を連れ去
るから　気を付けろ　とか　前にあった流行(はやり)病は　病気をわざと移しに来たん
だと　まことしやかに　流布させたんだ
あん時　助けられた　大概の街の人間は　その時の恩を　忘れてはいないと
思うが　中には　事が収まったら　そんな事なかったように　その噂を　吹聴

していたやつもいたよ
人間のくず　小さな人間よ　目先の事しか見えねえんだ　バチあたり　鼻くそよ」
太一は　押し黙った
大きく　そして　ため息をついた
二人の間に　沈黙が流れた
太一「山とあんたが　結びつかなかった」
新太郎「いや　俺は悪(わる)だ　どうしょうもない悪(わる)でした
俺の罪は　簡単に　消せないと思ってます」
太一「新太郎さんよ……　授かった子を　丈夫で　心根のいい娘に育てることが　あんたの罪ほろぼしだ
もう　済んでしまった　これ以上　深く考えすぎないこと」

（新太郎）
その日の夜は　莢を見るのも　辛く　苦しかった
『莢　ごめん』
朝方まで　結局　一睡も出来なかった
仙一との約束の日は　明日昼だと思うと　いろんな事が頭を過って……　雪の事があった日だ
仙一の顔　雪　いと　莢　佐助　夜があけて　手もとが少し明るくなって　きめた　ほかすことを
庭に出て　井戸水を　何回も何回も　自分の体に　鞭打つように　かけ流した
『俺みたいな　くそが……　罰があたったのさ
俺の望みが　思いどおりに叶うはずはない　ばかやろう』
昼が近づくと　どきどきして　心が宙に浮いて　何にも手につかない
部屋の中を　行ったりきたり　外に出てみるが　心は　さらに重く沈むばかり

昼が過ぎて　仙一も　あきらめて帰ったろうと　勝手に思って　少しほっとした
心の中じゃ　『仙一　すまない　すまない』　と　何度も手を合わせていた

夕暮れ時になって　俺も　ようやく落ち着いてきた
そしたら　仙一と約束したあの場所に　足が向いていた
誰も居なくなった場所　せめて……　詫びを入れたかった
まるで　力が抜けたような　頼りない足を運んでいた
まさか……　まさか……　あたりは　すでに暮れかかっている
夕暮に　背は高くはないが　がっちりした肩幅の　姿のいい仙一が　佇んでいた
沈んでゆく夕陽に　足もとが　染まりはじめていた
男の俺から見て　凛と立っている仙一は　胸をつくような美しさが　漂っていた
その時までの俺の気持ちが　ぶっ飛んで　『仙一』　と走って行っていた

仙一「あぁ　やっぱり　来てくれた
来るまでは　何時（なんとき）でも　待つつもりでいた
今日来なけりゃ　どこに居るか　捜してまわろうと　思っていた
やっぱり来た
新は　絶対来ると　思っていたよ」
それから俺は　今までの事と　雪の事を　すべてしゃべった
新太郎「こんな俺が　仙一さんの弟子になるなんて……　あきらめたけど　約束の場所に来たかったんだ……　仙一さんが　まだ待ってくれてたんで……　さっきまでの抑えていた気持ちが　ぶっ飛んだんだ
仙一さん　俺は　今話したような男さ……　だから……」
仙一「新が　そうやって生きてきたことは　しっかり聞いた
それもこれも　もう済んだんだ
新　これからだ　今からなんだよ」

二人は　並んで　仙一の家へ向かっていた
家の前に　仙一の嫁　律　その周りを　子供が三人　はしゃぎまわって　手を振って　二人を出迎えた

『梟の居た森〔二〕』おわり

梟(ふくろう)の居た森〔二〕

二〇二二年十一月七日　初版第一刷発行

著　者　外﨑よし子（とのさき・よしこ）
発行者　谷村勇輔
発行所　ブイツーソリューション
〒四六六・〇八四八
名古屋市昭和区長戸町四・四〇
電　話　〇五二・七九九・七三九一
ＦＡＸ　〇五二・七九九・七九八四
発売元　星雲社（共同出版社・流通責任出版社）
〒一一二・〇〇〇五
東京都文京区水道一・三・三〇
電　話　〇三・三八六八・三二七五
ＦＡＸ　〇三・三八六八・六五八八
印刷所　モリモト印刷

万一、落丁乱丁のある場合は送料当社負担でお取替えいたします。ブイツーソリューション宛にお送りください。

ISBN978-4-434-31158-1